AF383881

CHAMEROI

ET

L'OPÉRA

VENGÉS

PAR LE PÈRE ÉTERNEL.

A PARIS,

Chez tous les Marchands de Nouveautés.

AN XI — 1802.

CHAMEROI ET L'OPÉRA
VENGÉS PAR LE PÈRE ÉTERNEL.

2me Nouvelle.

Un narrateur, ami de la raison,
Et des beaux arts justement idolâtre,
Qui veut que tout se montre à l'unisson,
Nous a fait voir vers le divin théâtre
Monter la belle et triste Chameroi.
Il nous a peint l'étonnante aventure,
Qu'on pourrait croire être indigne de foi ;
Où ses talens, sa gracieuse allure
Ont dans les cieux tout mis en désaroi.
Il montre Roch à l'eunuque semblable,
Quand on le voit, insensible aux appas
D'une beauté, demeurer intraitable ;
Et le sensible et galant Saint Thomas,
Saint bien appris, qu'un beau zèle transporte,
La conduisant vers la céleste porte.
Il nous fait voir dans les divins pourpris,
Tout s'ébahir à l'aspect de la belle ;
Maudire Roch, ce saint lâche et rébelle.
(Talens, beauté, le ciel est votre prix ;

Saint Roch est donc à son maître infidèle).
Nous avons vu du ciel les bons esprits
Vanter, chanter ses talens et ses graces ;
Nous connaissons les faveurs éficaces
Dont la combla le maître des humains ;
Les quolibets qui sur Saint Roch tombèrent,
Que lui lançaient les anges et les saints ;
A le blâmer plusieurs s'évertuèrent....
Alors l'élu n'était pas indulgent.

Je vais conter sur un ton différent,
Tout ce qu'on vit sur la divine scène
Sitôt après le céleste banquet....
Pour tous les saints c'est un vrai camouflet ;
Je les aimais ; mais j'abhorre la haine....

Du paradis les anciens habitans,
Anges surtout, chérubins et prophetes,
Qu'on vit toujours si nobles, si galans,
Dans tous les saints croyant trouver des bêtes
Voulaient s'armer pour les chasser des cieux,
Les saints instruits du dessein factieux,
Et de ceux-ci redoutant l'influence,
Crurent devoir, dans ce cas sans pareil,
Se rassembler et tenir un conseil.

Ils ont choisi pour salle d'audience
Un coin obscur, au fond du paradis,
Remplis de trouble, ils sont bientôt assis ;
Les orateurs demandent le silence.

Saint CYRILLE.

Je cède la discussion à d'autres orateurs : mais je veux avant tout demander à Ignace, s'il n'a point soufflé à Roch son obstination. Ignace, ta politique est si bizarre et si différente de celle des autres, que je suis autorisé à t'interpeller : tu diriges toutes nos bêtes en ces lieux ; et tu les a choisies pour en faire tes instrumens.

Saint IGNACE.

J'ai, il est vrai, suggéré quelques projets à divers saints ; mais je ne suis pas si mal-adroit ponr avoir inspiré une bévue semblable à celle de Roch. Ceux de ma trempe temporisent, négocient et n'agissent qu'à coup sûr. Tu méconnais le fondateur des Jésuites : lui et les siens ne s'avanturent point, je le répète. Ils savent quil ne faut jamais heurter la force de front, et qu'il faut quelquefois faire le sacrifice de son orgueil. J'ai été, au contraire, courroucé contre notre butor de confrère, par plusieurs motifs; parce que, quoiqu'on ait dit de mon amour pour les hommes, je ne hais pas les femmes faites comme Chameroi, et aussi agacantes. Si j'eusse été au poste avancé à la place de Roch, je n'aurais pas repoussé la belle, et si Pierre se fut obstiné, je l'aurais faite entrer par la fausse porte du paradis, qui m'est connue....

Saint PANTALÉON.

Ignace, cesse ton éloge; tu es connu ici pour ce que tu vaus. Venons à l'affaire.

Saint IGNACE.

Voici ce que je pense sur la conduite que vous devez tenir à l'égard de Roch. Je crois que la politique veut qu'on l'improuve momentanément; qu'on le punisse même: mais qu'on le ménage au fond parce qu'il est notre confrère.

SAINT THÉODOSE.

C'est bien dit : on reconnaît ici l'esprit jésuitique.

SAINT THOMAS.

Je ne suis pas de l'avis d'Ignace : il faut que l'indignation soit manifeste , soutenue , et que l'exil auquel Roch sera condamné dure au moins un siècle.. Faire croire que nous ne sommes pas galans , c'est le comble de la sotise et de l'imprudence ! Nous deviendrons le jouet de la terre, et surtout de la France où l'on sait que le peuple est très-galant.... Au surplus, quelque parti que vous preniez il m'importe peu : je me suis montré ; on ne me confondra point avec les sots et les insensés.

SAINT MACAIRE.

Thomas est trop rigoureux, Roch se corrigera ; le pardon est attaché à la répentance.

Saint THOMAS.

Nous le savez, je suis né incrédule. Je pressens que le butor sera toujours butor.

Saint AUGUSTIN.

Vous ne m'accuserez point de partialité sans doute : vous pensez que j'ai dû improuver Roch, car j'ai été l'un des saints les plus galans. Je me pique d'aimer les arts et tout ce qui charme sur la terre, les femmes de théâtre, surtout; m'auraient fait tourner la tête s'il y avait eu un opéra à Tunis lorsque j'y habitais. Je suis sûr que je n'en serais jamais sorti ; une belle danseuse comme Chameroi m'eut fait oublier jusqu'au paradis.... Thomas, tu as fait preuve de bon goût. Il est en effet bien difficile de rester insensible, et de montrer un front farouche devant une femme si jolie, si souple dans ses mouvemens , qui se balance comme

Vénus; il faut que Roch ait un triple bandean sur la vue, et une ame de glace pour l'avoir repoussée.

Saint CYRILLE,

Augustin, tu ne parles que de toi et de ton goût pour la galanterie, qu'aucun de nous n'ignore. Conclus sur l'affaire.

Saint AUGUSTIN.

Eh bien, je suis de l'avis d'Ignace.

Saint IGNACE.

Ne perdons pas de tems, et prévenons les clameurs des anciens habitans des cieux. Ils s'apprètent à crier haro sur nous ; peut-être, même, allons-nous avoir une querelle terrible avec eux. Vous le savez, les anges et les séraphins sont galans : rappellez-vous comme Raphaël le fut envers Eve et la Vierge..... D'un autre côté ; les patriarches et les prophêtes qui ne détes tèrent pas les femmes ; David avec Betzabée, et Salomon avec ses trois mille concubines l'ont assez prouvé ; les prophêtes, dis-je, sont exaspérés : ils pourront nous faire un mauvais parti. Ils sont très-puissans en ce lieu ; ma politique n'a pu affaiblir la confiance du Père Éternel pour eux.

SAINT LOUP.

Que faites-vous-là à discuter ? il y un sabat terrible là-bas : les patriarches et les prophêtes sont unis aux archanges, aux anges, aux séraphins et aux chérubins ; ce n'est qu'une seule voix pour crier, *tolle* sur vous. Ils sont prêts à prier le Père Éternel de vous chasser tous du paradis, comme des êtres qui déshonorent son empire. Jamais on n'a vu une indignation plus grande. David célèbre déjà dans un pseaume votre défaite ; Samson dit que le Père Éternel n'a qu'à parler, qu'il est prêt à vous attacher comme

les trois cents renards avec lesquels il
brûla les bleds des Philistins, pour
vous brûler vous-mêmes dans vos pro-
pres bleds; il propose aussi de démolir
d'un coup d'épaule le pavillon où vous
êtes. Allez aux voix.

Saint IGNACE.

L'affaire devient sérieuse: concluons;
je vais poser la question: quelle punition infligera-t-on à Roch?

Saint CÉSAIRE.

Je voudrais qu'on le mit pendant
deux lustres dans l'écurie de l'ânesse
de Balaam; les bêtes doivent habiter
ensemble..... Que dis-je? l'ânesse, qui,
vous le savez, ne manqua pas d'intel-
ligence en certains cas, ferait trop
d'honneur à Roch; il vaudrait mieux
l'associer à la bête d'Antoine.

Saint PROSPER.

Je voudrais qu'on l'envoyât passer
un sémestre à l'hôpital des fous.

Plusieurs SAINTS.

C'est bien dit, à l'hôpital des fous !
demandons le décret pour cela.

D'autres.

Non, non.... ne prononcez point....

La rumeur règne, on ne peut plus s'entendre ;
L'on se débat, le désordre est très-grand.
En ce moment Ambroise l'éloquent,
Qui réfléchit qu'on ne peut plus attendre
Pour prononcer, se lève sur son banc.
Comme orateur (je ne vais point l'apprendre)
Le saint devait être prétentieux.
Il tousse, il crache, enfin il se dessine....
Ou se rengorge en des tems moins fâcheux,
Ambroise sait qu'ils touchent à leur ruine....
Des cris perçans que l'on pousse au dehors,
Font que le saint, abandonnant son corps,
Et recueillant son esprit, sa mémoire,
Ouvre la bouche, et dit à l'auditoire :

AMBROISE.

Mes frères, cette affaire est très-
grave : il faut l'envisager mûrement,

et surtout redouter une imprudence. Sans doute le calme doit être retabli dans les cieux, ainsi que notre liaison avec les anciens élus; il faut pour cela que celui qui à semé la discorde soit puni. Ne vous laissez pas cependant épouvanter par les cris de la multitude; soyez impassibles, et songez que vous ne pouvez avilir entièrement votre confrère sans vous avilir vous-mêmes... Il a commis une grande faute en nous montrant, nous qui nous sommes dits les hommes les plus doux, les plus pacifiques et les plus remplis de l'oint de la charité, comme intraitables, et surtout comme des orgueilleux...... En demandant un décret au Père Éternel contre lui, vous vous frapperez vous-mêmes : vous avez tous vos manies ; vous n'êtes pas en général très-prudents ; vous faites assez souvent des espiégleries qui demanderaient la punition ; le décret serait généralisé à la

fin, et vous peupleriez bientôt en masse
l'hôpital des fous.... Mes frères, soyez
charitables puisque chacun de vous a
besoin de charité. Craignez, surtout,
de montrer vos sentimens et votre fai-
blesse à découvert; je vous engagerais
plutôt à mourir si les saints pouvaient
mourir.

On applaudit, on vante l'éloquence
Et les talens de l'évêque de Tours :
Rien n'est si beau, dit-on, que son discours,
Sa politique égale sa prudence.....
Pendant qu'Ambroise avale un fade encens
Et qu'on le voit près d'en perdre la tête,
Au dehors naît une affreuse tempête.
De cent sifflets les sinistres accens
Portent l'effroi dans le saint consistoire....
Soudain ces mots, signes de la victoire,
Sont répétés à la fois, à grands cris;
Chassons Ambroise et Roch du Paradis.
D'un coup de poing Samson brisant la porte,
Dans les esprits a porté la terreur :
On voit alors de Michel la cohorte.
Le grand David, choisi pour orateur,
Est à sa tête ; hardiment il s'avance,
Et dit aux saints, mais avec véhémence :

DAVID.

Ennemis de tout ce qui est bon et beau, vous osez vouloir pallier les torts de Roch, et déshonorer le paradis en y laisant un personnage qui doit en être écarté pour toujours. Celui qui dédaigne les arts et la beauté n'est pas digne d'être saint, ni homme, ni même brute. J'ai vu les brutes se plaire à entendre les sons de ma harpe; et lorsque je commandais mes armées, j'ai vu des chevaux s'applaudir de porter un guerrier adroit, habile et valeureux. Roch doit-être assimilé aux masses de rochers qui couvrent la terre : il mériterait d'être damné, et d'être puni éternellement pour avoir abusé de son jugement et de ses facultés morales..... Livrez-nous le coupable nous voulons en faire justice.

Saint Martin, Saint Paul, Saint Pierre, *tirant leurs sabres.*

Alte là , Messieurs les élus , vous n'avez point de lois à nous dicter.

L'Archange MICHEL.

Téméraires , vous osez tirer l'épée devant moi! ignorez-vous ce que peuvent les archanges et ceux que je commande? Ne savez-vous pas qu'un seul de leurs exploits efface tous ceux que vous et vos pareils ont fait et pourront faire dans l'éternité des siècles? apprenez que nous fûmes vainqueurs du terrible satan , duquel aucun de vous n'est digne de dénouer les courroyes des souliers quant à la valeur. N'avez-vous pas lu que nous savons pourfendre non-seulement nos ennemis jusqu'à l'occiput ; mais que nous pouvons jetter à leurs têtes les colines et même les montagnes ; et que nous pouvons lancer comme des bales les globes enflamés qui pavent le firmament, et vous dévorer par ces terribles brandons....

Nos mains sont exercées à ces travaux.
Renfermez donc cette ardeur guer-
rière, qui ne convient point à des êtres
qui n'ont jamais su qu'exciter les autres
à combattre.

Cés mots, on pense, allarmèrent les saints.
En pareil cas on sent qu'ils sont humains.
Nombre d'entr'eux humblement s'abaissèrent;
Paul et Martin sagement rengaînèrent.
Ignace alors, pour répondre à Michel,
Court en boitant, vers lui se précipite.
Mais à l'aspect de l'orgueilleux jésuite,
Fait pour troubler la terre et le ciel,
Un cri nouveau, poussé par la milice,
Dont son audace excite le transport,
Le honnissant lui fait quitter la lice....
Je ne crois point que la milice ait tort
Si de satan elle hait la malice...
Ignace avait excité le courroux;
Déjà Samson allait lancer des coups,
Quand l'on découvre, arrivant ventre à terre,
Cet escadron que commande Uriel.
Il crie place; on ouvre la barrière
Que de se gens avait formé Michel.
Au sein alors de la troupe brillante
Le saint Esprit aux regards se présente.

Vers les élus il tourne un œil benin,
Et sur les saints jette un regard sévère :
Mais, pour remplir le divin ministère,
Calme, impassible il se montre soudain.

LE SAINT ESPRIT.

Pourquoi ce trouble, ces rumeurs ? arrêtez, et songez que l'empirée doit être le séjour de l'éternelle paix... Anciens habitans des cieux, vous qui avez toujours connu ce qu'on doit à tout le monde, vous qui êtes tous dignes des faveurs du Père-Éternel, votre gloire et votre honneur sont outragés par la folie inconcevable de Roch, de cet être indigne d'habiter parmi vous. Maîtrisez votre indignation, le Très-Haut va vous venger.... Mais vous l'êtes déjà; vous avez le sceau de la honte que vous pouvez appliquer d'une manière inéfaçable sur le front du coupable : les ames nobles, comme les votres, cherchent leurs armes dans les mains du mépris.

A ce discours du sage saint Esprit,
Tout est ému, la milice applaudit.
David alors, en impromptu compose,
Un brillant hymne analogue à la chose,
Du fier mépris il vante la grandeur....
Le saint Esprit reprend avec douceur.

LE SAINT ESPRIT, aux Saints.

Vous devez applaudir à mon discours et partager les transports de la céleste milice, pour peu que vous appréciez la véritable grandeur.... Écoutez l'arrêt du père de la bienfaisance et de la justice, et que la paix et la bienveillance mutuelle s'établissent ensuite dans les cieux...... Le décret porte que Roch sera privé de la vue de l'Éternel pendant trois mois ; qu'il les passera dans l'ombre, livré à l'humiliation de son ame, et qu'il reprendra ensuite sa place parmi vous.. (*S'adressant aux anciens élus*). Voyez dans ce décret une vengeance éternelle ; la honte restera sur

le front de Roch et de ceux qui ont
pu applaudir à sa conduite ; et la honte
est pire que tous les tourmens.

Plusieurs des saints demeurent confondus,
A ce discours digne de Dieu le père.
Il satisfait et calme les tribus,
Qui demandaient auparavant la guerre.
Le saint Esprit, charmé de ce succès,
A s'embrasser les deux troupes invite.
Les saints soumis, craignant qu'il ne s'irrite,
Offrent la joue et les baisers de paix.
Le saint Esprit, au maître du tonnerre
Veut présenter un triomphe pompeux.
Soudain Michel, cet archange fameux,
Fait à sa voix déployer la banière,
Et défiler la troupe des élus.
Au premier rang sont les vieilles tribus :
Le saint Esprit dans leur centre se place.
Son escadron se déploie avec grace,
Marche en mesure et d'un air triomphant ;
Rien n'est si beau, si leste, si fringant.
Un chœur brillant célèbre la victoire :
Les lyres d'or, et les bruyans clairons
A mille voix ont accordé leurs sons :
Ces bataillons offrent ceux de la gloire....
Mais quel contraste à ce charmant tableau !
L'arrière-garde offre un aspect nouveau.

Une maussade, une lourde cohorte ;
L'on pressent bien que c'est celle des saints ;
(Ces gens n'ont point le ton des séraphins)
Va succéder à la divine escorte.
La tête basse, et cachant leur orgueil ;
On aurait dit qu'ils allaient au cercueil.
On les voyait, d'un ton lugubre, étrange ;
Psalmodier un pseaume de louange.

   La troupe arrive, et l'habile Michel ;
En un clin d'œil, de la montagne sainte
D'un triple rang fait entourer l'enceinte :
A sa manœuvre il n'est rien de pareil.
Le saint Esprit, qu'admire Dieu le père,
S'élance, court de son aile légère
Sur ses genoux : il vante son pouvoir ;
Il dit que tout est soumis au devoir,
Et que la paix a remplacé la guerre.

   A ce discours, mille coups de tonnerre
Au pied du trône éclatent à la fois :
On sent trembler les plaines éternelles.
Les cieux de Dieu reconnaissent les droits,
Et devant lui courbent leurs fronts fidèles.

   Le bruit cessant, le charmant saint Esprit
S'adresse encore à l'Eternel, et dit.

LE SAINT ESPRIT.

J'ai une idée à suggérer au maître

de tout , et qui, si mon dessein est
exécuté , accroîtra les plaisirs des
anciens habitans célestes, qui doivent
compter presque pour tout en ces lieux.
J'ai deviné leur vœu par ma faculté de
préscience, et leur penchant s'est ma-
nifestement déclaré en cette occasion.
Dieu doit tout faire pour compléter la
félicité de ses plus chers favoris.... Mon
dessein est de proposer l'établissement
d'un opéra dans l'empirée. L'opéra
n'est pas une chose profane , mais un
innocent plaisir : montrer les graces ,
la beauté dans tout leur éclat , présenter la vertu estimable , et le vice
odieux , c'est un tableau qui ne peut
choquer la vue du sage , et de Dieu lui-
même. Nous y ferons en action, comme
à l'opéra de Paris , la satire des Dieux
que divers peuples ont montrés se
conduisant comme les hommes , et
quelquefois plus mal qu'eux. Je me
charge de composer les pièces ; David
fera la musique , et sainte Cécile sera

maîtresse de chant : nous prendrons Chameroi pour celle de ballets.. Quant aux acteurs, chanteurs et danseurs, comme nous n'en avons point d'autres ici, l'on ouvrira sans réserve les portes du paradis à tous ceux qui nous viendront de la France... Alors les veillées du ciel seront moins longues : les psalmodies des saints ne nous feront pas bailler sans cesse ; et nous atteindrons au période de la félicité suprême, qui est dans le triomphe complet sur l'ennui.

A son desir Dieu se plut à souscrire.
Il annonca son vœu par un sourire,
Au prévoyant et zèlé saint Esprit.
Appellant Pierre alors d'un ton de maître,
Et près de lui le voyant, il lui dit :
« Les comédiens ici doivent paraître
Comme vous tous : ouvre le paradis ;
Aux portes cours ; crains de les méconnaître,
Je veux les voir dans mes brillans parvis ».
Un nouveau chœur exalte sa sagesse....
Vers Chameroi le très-Haut se tournant,
Car elle était près du trône éclatant,

Lui dit ces mots d'un ton plein de tendresse:
« Reçois ici l'emploi que dans Paris,
En disputant à *Chévigny* le prix,
Tu sus remplir avec tant d'avantage,
Quand de Psyché tu formais les appas....
Que les élns imitent ces ébats,
Et mes faveurs deviendront ton partage »....
Le rouge au front s'incline Chameroi,
Et d'un ton doux benit le divin roi.

C'en est donc fait, art charmant, ta victoire
Est décidée ; et toi, bel opéra,
Poursuis ton vol, l'ennemi cédera
Par la raison Dieu défendra ta gloire.

F I N.